U0458800

Yves Bonnefoy

长长的锚链

La Longue Chaîne de l'ancre

〔法〕伊夫·博纳富瓦 　　　　　著

树才 　　　　　译

人民文学出版社
PEOPLE'S LITERATURE PUBLISHING HOUSE

著作权合同登记号　图字 01-2018-8968

La Longue Chaîne de l'ancre

© Mercure de France，2008
All rights reserved

图书在版编目(CIP)数据

长长的锚链／(法)伊夫·博纳富瓦著；树才译.
—北京：人民文学出版社，2020(2025.1 重印)
(巴别塔诗典)
ISBN 978-7-02-015025-0

Ⅰ.①长…　Ⅱ.①伊…　②树…　Ⅲ.①诗集-法国-
现代　Ⅳ.①I565.25

中国版本图书馆 CIP 数据核字(2019)第 019295 号

责任编辑　朱卫净　何炜宏
装帧设计　高静芳

出版发行　人民文学出版社
社　　址　北京市朝内大街 166 号
邮　　编　100705

印　　刷　凸版艺彩(东莞)印刷有限公司
经　　销　全国新华书店等

字　　数　55 千字
开　　本　889 毫米×1194 毫米　1/32
印　　张　4.75
插　　页　5
版　　次　2020 年 1 月北京第 1 版
印　　次　2025 年 1 月第 3 次印刷

书　　号　978-7-02-015025-0
定　　价　55.00 元

如有印装质量问题,请与本社图书销售中心调换。电话:010 - 65233595

目录

混乱

长长的锚链

孩子们的戏剧

神圣的名字

过路人，你想知道什么？

准十四行诗

对地平线的看法

花园出口的变奏

另一种变奏

译后记

混　乱

舞台上，一些男女，大约十五位左右，互相贴紧；有几位向这群人的中心转去，而人群在移动。轮换着，其中一位从人群中脱离，走出几步，问这里是否是说话之处，然后返回人群，似乎急着去听他之后出现的那一位。面孔是模糊的，好像戴了面具。

....

她收拾好
抽屉里的三四张相片，
微笑着，对他说，
舍弃回忆吧。

我们的词语？
啊，像一个烟的旋涡，
而这些烧焦的碎纸片，我们的生命，
还闪着几粒火星。

他走开，但她跑过去，

追上他。
拿着，她说，拿着
我手里的这只盒子。
打开的盒子，七彩闪耀。
啊，爱我吧！

他拿住盒子。
蓝和红，包裹着它们。
颜色甚至比生命更单纯。
透过色彩，形式碎裂。

……………………

他喊：啊我曾想
让一个声音进入宇宙！
他转身向女友，在大沙滩上。
他看着她，夜色将临，
他们走去，再看不见沙子上的脚步，
一点水光在沙里闪动。

她说，是的，
你献出了我们的生命

为一根圆柱上的螺旋图形，
你大把挥霍我们的生命，
我们的整个生命，在这个形式中，
那属于我们的美，你把它扔进
纯粹梦想的形式的深渊！

她沉默，
看着大海，也许什么也没看
巨大的海面涌起
在盈满痛苦的他俩面前。

她走远。
他几乎看不见她。
我本该就是，她说，
那个疯女子，你爱上了她的寂静，
她的歌声的碎片，
她走向雨天窗口的舞步，
而她停步，笑着，她走回来。

．．．．．．．．．．．．．．．．．．．．．．

这广告牌，

立于天空，一个长方形
被一条直线一分为二。

而高处只是黑暗，
低处是翡翠绿，像大海。
怎样的谜，怎样的虚无，这白天，这黑夜，
好像我们俩走进我们的第一个房间

……………………

我出门，
雪阻拦大地。
夜晚在此地，或者那边是水洼，
道路被乌鸦低低地摇晃。
而我梦见巨大的火焰，
我在梦里挑起另一个天空。
我愿意每一面都是斧子
它劈开事物的团块，
斧子哑默，无限，
人们听见山谷里斧子的声音。

我走出去，置身于寒冷，我哭泣，

啊我的朋友，
我只能给你这两片龟裂的嘴唇

有一天
你在我身上不再是自由的灵魂。
但是，你要知道
我们也可以另作想象，
想象比如事物在沙滩的一种光中
被窥见。
让三大恩典都在，
还有阿波罗和吹笛者马西亚斯。

存在，在闪光中，
像天地之间的一条芦苇线。
而那边，在沙中，
鸟儿濒临死亡，但还在动。

存在
像一个声音在歌声之巅凝止，
其他声音汇入。一本书
每一页都是空的。
没有人说：几只手捧着一本书，

其他人说：每一页都是空的。
也有人说：今日之美，
就是沙滩上这永远碎裂的水。
就是它泡沫的裙边。

这支歌
远高于它自身，远高于
去呼吸，去记忆。
这支歌，那只受伤的鸟
沙子已淹没它。
它突然一动，它被死亡充满。

....

她站在他面前，被遗憾、失恋和痛苦
折磨得筋疲力尽，
赤裸着，因为暴风雨抓住了
另一场暴风雨的废墟，
风就这样
改变天空的形状。

而他手中

天知道握着抽屉深处怎样的手枪，
年龄深处的愤怒
嚎叫着扑向万物的结局。

她把门敞开，她哭泣
因为他不知道
除非最后一分钟，
当她的眼里噙满泪水，他却走了，
我哭泣
为全天下哭泣过的人，
为还在死去的所有死者，
为一切，甚至为我身上的光。

但如果我死，他也会死，他即永恒，
我不能死。
如果我在光中解体，他也将解体，
我们的乌云，我们的色彩将偏离，
高天之风将不可阻挡地移走它们，
我不能死。

啊，我如此痛悔
以致变得纯洁我没有名字我几乎在歌唱。

我不在了，我跌倒，
我的脑袋变形，从天空这一头到那一头。

我多么孤单！
人们会为我焚烧潮湿的枝条，
把我的生命卷进床单。
人们在这灰色的日子秘密地谈起我
有时被风掳走，并且打转。

莫非我抓住了，
完整如这疾行的天空，
这不可理喻之物：手枪？
铁是沉甸甸的，当眼睛闭上，
哪一位神支撑着我可怜的手指？
但现在我重新拥有小女孩的手。

上帝，
他人的上帝，
瞧我这漫长的日子，
瞧我的疲倦没有人来抓住我，

瞧这血中

我沾染了它，直到为此而死。

瞧我左手的掌心里，
瞧我的右手中，
瞧我的十指我为了你将它们叉开又合拢。

………………

我们是一张撕碎的相片，
是我们在这大地上相爱的瞬间，
撕碎的闪电却让它燃起火焰。
看吧，就是夏夜沙滩上的这张照片，
我们看见孩子们光着身子奔向大海。

而这些报纸！
我们拿来几张，我们把它们捏成团，揉紧，
我们把它们塞到着不起来的劈柴下面。
烟，我们的生命之烟，
而现在火在形象里奔跑，
火焰卷起嘴，露出微笑，
举起想在赤裸肩膀下抓住衣衫的手，
投上不再隐瞒欲望的目光。

啊，记忆：我们的埃莱伯，
一声无形的猛烈抽泣就在我们深处。

说吧，在这些相片中你看见了什么，快说
趁生命还在！
我不知道，
也许是一张孩子的脸，
也许是一个躺着的身体，不，不是这个词，
换一个角度，不是，
也许是上帝的面孔。
但一种力量压着我，比形象的滑落还要快。
我已经寻找了多少次！
但它们的数字，即无限。
该诅咒的是记忆！

你记得吗
我们的第一个房间！挺伤感
那墙上的花纸，我们想把它扯掉，
但下面是另一些纸，
另一些，另一些，
而最后那层在灰石膏上，是报纸，
有一些我们出生前那个世纪的词语

我们用沾湿的手指去卷。最后
我们用小折刀刮墙。
你像我一样笑着，夜降临。

···············

她梦见
自己停歇在梯子上，拍打关着的门。
发动机已在轰鸣。
飞机里没有一个人应答，
而世界起飞了，
她留在那儿，在生和死之间飘，
在平静的天空中，
天空中只有几朵云正在飘散
在蓝色中，就是说上帝，不，是永恒。

但这个梦不好，不是吗，
那飞机，上帝？
她转身走向暗处，
窗帘，卧室的花色墙纸
离她的脸很近。看吧，
我来自远处，来自大沙滩的尽头，

手里牵着小男孩，我冷，我孤单，
日子一天天相连。

我有时自忖曾是沙漠中的阿加尔
但天使
不会在我的头顶上翱翔，
又蓝又红，
也不会携着水罐和面包从灌木丛中突然显身。
然而，我走了很久，还能做些什么？
而现在，多幸福！我到了，门开着。

来吧，我的孩子，
把你的小手放到我的大手中，
我们奔跑吧，
礁石上的影子追不上我们。

他们跑着。
几朵浪花撞到他们。
色彩的身体在夜晚的手中。

······························

啊，先是犹豫

小小的声音。她脱离人群，

她向前走去，害羞，

在舞台前面。

这是重大的事情

长久沉默之后，话语重又响起。

她沮丧了好几个月，

手指缝合，又拆开

她膝上这一小块衣料，

她也许忘了，

她低声吟唱过，是这个词吗？

但那时，挺晚了，

人们又回到房间，

男男女女匆匆走过，

他们移动家具，

能听到他们拽家具时的闷响。

···················

而他，

他站在他的死亡中
像一根圆柱。
灵魂围着他，像一柱烟。

他喊。从远处，我们听到喊声，
更近时，是一些词，但没有意义。
也许他说起别人对他的一次过错
在比他最初的记忆更早的时候？
他看不见我们，听不到我们，
我们离开，他一直在喊，
高处，赤裸，在他可笑的圆柱上，
脏兮兮，做着手势，在天空面前。

………………

瞧，
先是白面具，然后红面具
但两者互换时，看见我的脸。

瞧，
我所有的脸俯身向你，
我们沉思你，微笑着

我用所有的大手举起你，

大地在你下面变小。

啊，我们的孩子，

来我们的国度吧，那里天是红的，

玉米在门的上面晒干

溪流在无尽的下午闪闪发光，

来吧，明天你的日子还会满溢

从你放在石板上的有柄水罐，

而最强烈的，将是

水的事实，炎热的事实，

白色、颤动的几丛地平线，

在炎热中，

你将衰竭，这是诞生。

………………

他说：我将死去。

我的生命潮涨潮落。

像在我以前见过的一个小树林里，

早晨时，被淹没。水从树下扩大。

流水自己成形，这里那里。

据说人之将死，其思也静
而且那些悔恨，生命之谜
也会逐渐散去。
噢，我，我，我只能想到
一个已被遗忘的名字，
一个名字，啊，任何一个，
时光流逝，我最后的机会丧失。

但这整个天空，透过那些树，
这两座半身雕像圆柱，乌云，
还有门厅那边的火，那些弓箭手
朝我们射出箭！

··················

孩子们，有时，夜里
当灯塔点亮。
这是一座山丘的顶峰，他们滚落山坡。
在他们面前，多少旧物
半截身子已淹入沙子！
一些煤，树枝残余，好几种颜色的碎布。
孩子中的一个，突然从高处出现

挥动着一根杆子，上面粘着一页杂志。
他们喊着。一个男孩倒在一个女孩身上，
打闹着。她用一只手挖出沙，捧得满满，她扔，
他们互相扔。
这是一页没完没了的报纸，一些揉皱、撕裂
的词。

……………………

我们分手。
我们因此会有回忆，
但是，回忆即遗忘，
我以为看见了你的脸，我会忘了你。

噢，她说，请试着
回忆那无法摧毁我的。

试着回忆
我摘的这朵花。

他喊：我宁肯窒息在两种色彩之间，
我宁肯置身于黑暗并把它大把掷给你，

我要为你焚烧而死既然我只知道死亡。

而她：
我该怎样才能让你爱我而又不至于去死。

他没回答她，他只是哭泣。
风吹来清爽，她把披巾搭在肩上。

········

谁想到过，从前，
我的女友，
牧人在天空下赶着牲畜，
夜降临时，清洗着
颤抖的山羊那肿胀的乳头，
我们有一天会羞耻于词语？

去命名已在之物，
我们也许会感到有罪。

甚至去说，瞧，
小孩子，

也会感到有罪。

这是真的：雪飘落，又被雪覆盖，
愿闪电游走在我们的阴影之间雪的白色之中。

愿人们从各个方向嘶喊，杀戮，
但是，我的女友，
让我们试着去爱去命名这个早晨。
让我们走进
夜晚将使枝条染上霜白的这片树林，

看吧，水在溪中流淌，轻声，
但是，昨天，你还看见她
寒冷的囚徒，一动不动。

长长的锚链

（亚里巨石阵 ①）

---

① 原文为瑞典文 Ales Stenar。亚里巨石阵位于瑞典南部一个面向波罗的海的小渔村的悬崖上，巨石组成船的形状。

一

据说

几艘船出现在天际，

从船上，

长长的锚链

会抛向我们短暂的土地。

锚，从我们的草原，从我们的树林，

寻找落脚之地，

但高处的一个愿望马上拽下它，

别处的航船不愿停歇此地，

它在另一个梦中有它的地平线。

但是，偶尔，

锚，人们说，通常很重，

几乎撕扯地面，令树颤抖。

人们看见它咬住一扇教堂之门，

圆拱下我们的希望尽失，

而有人从另一个世界下来，

笨拙地，沿着伸展的链条，强悍地，

释放我们夜晚的天空。

啊，多么可怕，当他顶着拱门干活，

满手拿着奇怪的铁，

为什么需要

我们身上的什么东西去引诱精神

在言语一无所知地驶向

另一条岸的这次航行中？

二

这个国度的王子，难道他想
当他在悬崖上，聚集那么多
站立的石头，为了模仿
一艘船的形状，它有一天起航，
在天空和世界之间的这片海上，
一直犹豫着，几乎不知所措，
最终也许会抵达那座港口，
没有人在死亡中寻求，想象中
更强悍的生命，一条火焰之线
在漫长海岸的荒凉的地平线上？
他欲望的大船，
这岩石船首，这些漂亮船身，
在静止中出发。我努力读懂
不动中的运动，他从梦中
印制，他知道自己
将死于战斗，抵抗
戴面具者，并在另一种语言中
宣告，在此地这个世界，
唯有惊奇和痛苦持久。

他们中的一个陌生人示意他，

那边海上的一个特使，

在烟中一身白光，

而他，他击打，他使劲，他喊，

天使在对他微笑，

他沉默，把自己安顿在

船前部的这个舱内，他们

彼此挨着坐下，就着一张桌子

上面只有一些纸牌，此地

生命的几张地图，没有食物，

甚至没有形象，只有他的记忆

从轻易的手中，交给他夜晚

在人们生生死死的这个奇怪国度。

战争之外其他时光的记忆，

被压抑的语言的记忆，

温柔的记忆，灰暗

如同葡萄酒充盈高脚杯，

看见但无解的记忆

太短暂的笨拙的亲昵时光的记忆。

他做梦，他离开。但今天，此地，

我们面前和我们四周

只见这世界的天空，光线，乌云，

然后，在变暗而混杂的石头上，

闪电之箭，突然的雨。

整个激奋之水包围我们，

墓碑只是仅有的显身

此处跃出，彼处消失，

尽管闪电划过。而我相信

这火焰即是和平，愿它拥抱，

带着无限的激动和喜悦，

有个人在这混乱中搏斗，左右

前后有太多敌手，他将战死。

然后，我转身

向石头之船，在天空下

这夏日的早晨重又返回

（怎么办，除非

返身生活但毫无变化？）

我看到船首的石头上

一只大海鸟停歇：神秘的

静止的一瞬，配得上

一种单纯的生活，没有语言。

海鸟看着远处，听着，希望着，
他带着船，其他海鸟，其他海鸟，
都围在它的四周，它的头顶，
喊叫着，在船尾的旋涡中消失。

孩子们的戏剧

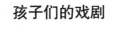

孩子们的戏剧

他走在林中，听到了笑声、惊呼、欢乐。怎么办呢，停下脚步，心儿急跳，听着孩子们的声音透过树枝的帘儿传来，冒险走向他们，另一个世界？他向前走去，分开树枝，树叶柔柔地拍打着脸。阿克特隆也推开它们，那时只闻轻盈的笑声，从那边呼唤一个深渊，有烟从深渊里升起，呛人的烟，好像着火了，在荆棘丛中，要把世界陷于末日。

林中空地，撑起一个舞台。非常初级，几根小木柱支着，歪的，六七块木板，而三四根杆子，高低不平，在舞台和天空之间，高举起一块褪色的布，破了洞。后面，还是树，高高的树干紧紧挨着，很快转暗。舞台离地面大约一米。孩子们爬上去，又舒服地滚下来，一个小女孩双脚并拢，刚跳起就踏空了，她几乎撞到穿着红色羊毛套衫的那个小男孩。笑声。小男孩转过身，做出拳击的样子，小女孩喊着，她假装大喊。

然后，她把一只脚踏到小男孩并拢的手中，得了凭靠，她又回到舞台上。她转身向观众，确实有一个。"我是王后，你是国王。"她宣告。确实，他们是王后和国王，真相大白了，考验结束了，夜晚降临到这个早晨，火焰不再爱它的死亡之路，在落叶和石头下面。

大名字

这声音真单调：一连串元音一个连着一个丝毫不断，只是偶尔有点声音的物质的起伏，就像融入了一种激动；因此听得出来，是一位女性用声音在召唤，那边。那边吗？挺远，肯定在树林后面，很远，树帘闭合花园，在天那一边。

而他接近了花园，他也是在很远处听见，他听着，他加快脚步，为了听得更真切，为了到声音响起的那儿，或者至少赶在声音熄灭之前，越过那些栅栏。但声音继续，似乎没有终点，一直从源头传来：复合元音里，a 和 i 是主宰，但也出现其他元音，偶尔也有一个 e，哑声 e，因此是切分法的阴影。极短的疲惫，是担心？哦不，大声音马上又响起。

他找到开着的栏栅门，走了进去，他沿着小径深入——现在带着点厌烦，因为男孩已经走了我觉得有好几个小时了——公园，突然在他周围了，无数小径，硬生生的阳光中，色彩短促而鲜艳，芳香扑向他，欢迎他，树后面是长长的水的反光。走哪一边？

他自问，但他已离开沙子在脚下咔嚓响的大路，走向
又高又密的草中，两道荆棘丛之间。——身前，身后，
那声音继续扩散，有时在空中很高，有时又贴近地
面。声音当然很遥远，但又觉得它很近。他听着，有
点怕这条草间之路，草挺高，有些是荆棘，他用脚探
寻草下面石头上的某个支点，草会散开，草会滚动，
草会让他打滑。他听着，想象这位女性站在露台上，
她穿着件红裙子，她身后是一些圆柱，沉重的大门雕
刻过，而她前面是浓密叶簇的一条大地平线，越来越
远，被飞鸟和烟洞穿。

　　他听着——但那边，很近，他听见另一个声音，
矮树枝折断的声音，瞧，三米远，出现一个小女孩，
跟他年龄差不多。她穿着一件白裙子，盖到她的脚
边，他隐约可见那双低筒靴，蓝色，但沾上了几处绿
草斑点。她的头发蓬乱，无疑是枝条横逸的矮树林闹
的。她看见他了，她瞧着她，惊讶，像在梦里。然
后，她在一块石头上坐下。她身后是狂怒的太阳，成
千上万的影子小斑点，在晃动着的树叶间晃动，现在
好像吹来了一丝微风，这让花园的无限气味更加急
迫。多少花冠，在这芳香中，多少轻盈的花串，颜色
好像没了！而这一切像一种低低的耳语声，因为那边

的另一个声音，在树上的阳光中又高又清晰地升起。

小男孩看着小女孩。而小女孩的身边，有一只小篮子，毛巾盖着一只盘子，一个小瓶，几只杯子，他继续静静地瞧着他，样子有点严厉。他也坐了下来，不，他跪了下来，离她两步远。

"这是什么？"他问她。

"——什么这是什么？"

"那边的声音，她在说什么？"

小女孩看着他，更加关注了。一丝轻微的惊讶让她皱了一下前额。不知道她是想笑还是忧伤。

"这声音没说什么。她在叫我。"

"——她在叫你？"

"对，叫我的名字。她呢，是我的阿姨，以前是我的奶妈。我是国王的女儿。今天早上，不知道为什么，我从父王宫殿的花园里走了出来。那边，大树的那一边，就是花园。这里，应该也是花园，但那边和这里之间有一条很长的栏栅，他们总是要我别跨过去。但栏栅那里有一个洞，我冒险到了这里，用了四个钟头。我走了很久。"

她叹了口气。

"她在叫你？她担心了？"

"——当然了。我要回去了。但我还有时间。"

她又叹了口气。

"因为她还没说完我的名字。"

事实上，喊声从变得更暗的空气中不停地传来，这些元声里，主宰是 a，但 i 也许更多，其他的发音时而空旷，时而饱满，像水撞到石头上。声音的涨潮并不退去，但两岸非常开阔，让人清晰地感觉到，这唤声，信任或者忧伤，怎么知道呢，它有整个绿山的地平线作证，山在翠绿的密林那边，树梢之间冒出来三角楣和圆屋顶。

"你的名字！那是你的名字？"小男孩说。

"是，它挺长的，真的。"小女孩低声说，"我出生时，父王觉得我太美了！比上帝还要美七十二倍，他喊道。因为上帝的名字有七十二个元音，所以我的名字就得长七十二倍。头一个星期，他就是这么想的。"

"——啊，那后来呢？"小男孩惊问道，这次坐到了小公主的脚下。

"后来？父王觉得我出生头一天比他想象的要美七十二倍，所以我的名字……"

这次她哭了。她带着哭音说：

"我的名字永不会结束。我的奶妈早上把我唤醒，她要花那么长时间唤我的名字，但是总有什么事来打断她。而我没听全我的名字，所以我就不是完全知道我是谁，好像她没能真的把我唤醒，我没法从梦里出来，出来的是我的梦，拿着我，有时候好几天。我在梦中洗脸。我在梦中喝我的牛奶，我在梦中游花园。也许此刻，我还完全在梦中"。

"——我不要你现在做梦，"小男孩说，"那样我就不存在了，我会很难过。"

"——啊，我也一样，"小女孩喊道，"你怎样才能真的存在？"

"——我们可以等她把名字喊全，这样你就醒了，你起床，你和我从栏栅的另一边走出去。"

他补了一句："你可以来我家。"

她感兴趣地看着他。但那个声音还在呼唤。公主揭开篮子，拿出两块抹了黄油的面包片，从圆锥形纸袋倒了一点盐，几只剥了壳的鸡蛋。他们吃这些，还有葡萄串，一声不吭。他们喝小瓶子，又把杯子放回篮子。天暗了。

"听着，我有个主意，"他又说，"如果你改名字

呢……?"他寻找着。"如果我叫你……"他不敢大声
说出已经找到的名字,但他呢喃着,两个元音就像他
自己的名字,同一个元声重复两遍;她听见了,几乎
是肯定的。"你说什么?"

小女孩摇了摇头,叹了口气,眼睛盈满了泪水。
但她微笑着。她张开嘴回答。但是突然,声音停了,
一下子,从树林后面。多深的寂静,这世上从来没有
过这么深的寂静!大自然的寂静。人们看见却未能踏
入的这些辽阔山谷的寂静,因为只有通过冥想才能驶
向山谷,早晨走得很早,在深渊的边缘。他呢,从这
么遥远的地方来,那么专注地倾听,他看着好朋友,
新结交的朋友,一言不发。她好像一道轻盈的磷光一
闪。但是,她的微笑消失了。

"你看见了他们在叫我,"她说,"我得回去了。"

她站起身,收拾篮子和瓶子,向小男孩表达最优
雅的敬意,转过身,消失在已经变暗的小树林里,然
后,夜从所有方向降临到这世上。

树

　　他用脚把船推开，船离岸而去，扯出一条水线，永远留给大礁石脚下了。他呢，毕竟划了长时间的桨，从开始这次航行的那个前夜以来，轻微的晕眩令他有点气喘，然后他迈过了这第一道陡坡，对他是容易的：几块石头，就像几个台阶，只是有点狭窄、崎岖。干枯，但几乎变蓝，草从石板间冒出来。风在上面撒下沙子，红色赭石的小沙滩上，蚂蚁爬过。他一直观看其中一只蚂蚁，无端地走着之字形。然后，他上到顶峰，他站起身，眺望地平线。

　　他眼前是四面八方，从他左边，从他右边，一座高原轻微起伏，在如今长得更密更高的草下，有时几条灰暗过道，像夜间雨后的水洼一样闪烁，直到远处，似乎从大地升起，蓝色的山谷那悠长脆弱的线条，晨曦在它们的顶梢照出虹色。播撒到这巨大的空间，有时彼此挨得挺近，就这样生成了一些小树丛，有时完全孤零零的，他看见很多树，但没有因此觉得它们在那里是最主要的，草甸宽阔，在远景中它们彼此分散，有几处树丛凸起在一个洞穴边缘，让高原转变颜色。它们不是最主要的，它们不是高原的辽阔想举荐给天空的辽阔的。毕竟，有一些显得很高大，它们的树冠堪称雄伟。

现在他走了几步，但在这世界尽头的草丛中，并没有路——在这寂静中——，他很快走到一棵橡树面前，他停下，他看着，他等待：因为这种雄伟，这种美要求他等待，甚至坐下，他这么做了，在一块平坦的石头上，他现在看到，透过草丛的桌布，但没有撕裂，或者几乎没有。怎么办呢，当我们坐在一棵大树脚下？当我们听到树枝一阵轻微的晃动，也许因为鸟儿，一阵轻风摇动树叶？"数数我们，数数我们"，一根青草好像这么跟他说。他数了一下，但他更想用双手在土里刨出一个洞，把棕色的新鲜的泥土扒开，然后躺到草上，把脸放进凹陷处。

他起身，又上路了。总之，在这种国度，人们总是从一棵树走向另一棵树，即使它们隔着比人们想象的更长的距离。他走了多长时间，又来到了另一棵橡树脚下？多疙瘩的巨大根须把四周的土都拱开了，面对树根，他放慢脚步，有点羞怯，又一次停了下来。在他的头顶上，茂密树枝的华盖：这里发暗，尽管还

在早晨。高处一只鸟抖动叶簇，飞得沉重，但他没有
看见。为什么？可能因为他的注意力已被这个突然出
现的小孩子抓住了？

确实，一个小男孩，穿着短裤，光着脚，膝盖磕
出血红色。他前额低，上面落着一些灯芯草。他的话
是赌气的，如果不是恼怒的话。他握着的双手不知道
攥着什么，他走近，很近，贴近了，他看着来者——
这个词合适吗？——他的眼里，带着傲慢，然后，突
然打开双手。隐藏的东西，是一些弹珠。掉了一个，
他去捡，挺困难的，因为其他珠子差点也掉下来。但
是捡到了，他又站起来。"你来玩儿吗？"他问。

犹豫了，又犹豫，他面对这个问题。然后，他回
答："不，我不玩儿。"

"走，那我们比赛跑吧。"小男孩说，他转过身，
开始跑了，一边喊："你追我！"另一个孩子跑在他后
面，在这拍打着脸的翠绿中，令他目盲。我朋友跑哪
儿去了？他自问。躲在橡树后面？他围着橡树，但那
里，草原上没有别的更近的树，没有一个人。他等了
一会儿。他继续前行。

　　一个或两个小时之后，天空中是正午，途中他看到一些树，一些树丛，但没有靠近，现在他走到一棵高大的榆树下，至少，这棵榆树，怎么说都是巨大的，一棵陌生空间的果树：据说，草上这里那里闪闪烁烁的色彩斑点就是果实。小男孩从榆树下走过，他在树的影子里，清凉，惬意，他真想停下来，歇一会儿，但他听到笑声。轻轻的笑声，高高在上，有点嘲弄。谁这么笑，在这荒凉之地？肯定在高处，在树枝上？他抬起头。

　　确实，一个小女孩，骑坐在一根树枝上，腿裸露着。她的浓发乱蓬蓬的，一块红布系成了裙子。用她伸出的手，用食指，她直指着面前不知什么东西，笑着。"嘿，你是谁？"他大声问。她看着他。"我不知道，我玩儿呢。"她又很快补充："我玩儿等待。"然后一阵沉默，然后又是这笑声，有点刺耳。

　　他没有笑，他觉得悲哀。"你是谁？"他又问，像是在哀求。

　　但她不再回答，她放下手臂，合上手，她看自己的手指，手腕，陷入冥想，还是这笑声，一两分钟后，一样的笑声。他离开了。

但他的脚步愈发沉重了，在歇脚处，因为间隔一会儿，他就听见那边树上那小女孩的笑声，他又转回去，他看见大榆树已离地入天，变得难以辨认，甚至无迹可寻，由于距离关系，更远或更近的其他树木混入了这个形象。有一会儿，他再认不出来，笑声被万物的寂静抹去，或者从他的心里。

下午提前来临，色彩在变化，太阳离开了好像无尽的高处的蓝色，它下到另一个世界的山丘上，那边，风在草原上移动，鸟儿在唱——而那个一直走、一直向前走的人，他为什么说服自己这是一条路，他已经在草上走了一阵子？为什么他相信这是一些符号，他看见的涂或画在石头上的东西，最初的石头画面至今还那么直接？灰色的石头。石头变得愈发多了，它们最后站起来，聚拢到一个陡坡脚下，那里耸立着一棵树，一棵大树。

啊，多大的树！它直冲云霄，像一柱烟。但他有厚实的绿色枝条，它们像一些手臂，向八方敞开，仿佛为了拥抱谁，谁知道呢，但天空中没有一个人。

人们靠近树时，像现在这个孩子，能看见树叶阔大，闪着色泽，带着一种红铜色的经脉，为了在精神遍布的绿色中分叉。某种深渊般的绿，某种风雷轰隆的深渊。

"我要在这棵树下停步，"这位巡游者自语，"我要跪在草里。我要聚拢果子，它跟世界一样伟大。我要喝这泉水，我知道它的源头在岩石中间。我要在树干上刻写……"他身上一阵兴奋，他不再觉得累，但他为什么不在树周围的石头上刻写，石头上有一些台阶，只是狭窄、崎岖？他身上的什么东西藏了起来，他感到拳头紧握，一只膝头在拒绝，他加快步伐，他向前扑进大草原里，那里，正是最陡的树之间的一道坡，当然，尽头的树更多，类似树林或森林边缘的什么东西，在它的黑暗中，什么也看不见了。

夜来临，虽然光一动不动。旅行者，在这草原和影子水洼的国度，继续他的路，他还会路过一些橡树、榆树和枫树，它们一丛一丛，脚下是一些灌木，差不多是矮树和荆棘。森林边缘近了，他跨了过去，很快他就在屋顶下，他没有回到那座森林里去，那里到处都是路，那里无处可去。

张大的嘴

她做过梦了，她还在梦中，她现在还想做梦吗？她把裙子在膝头间塞紧，伸出裸露的腿，她看见了自己赤裸的双脚，它们互相蹭着脚趾下的一个小肿块，左脚蹭右边，右脚蹭左边。她有五岁、六岁？谁知道呢。她坐在方砖地上，门在他前面开着，这是夏天，天气很好，外面是盛大、安静的天空。

她一下子蹦起来，现在她在门槛上，她会出来吗，她会看见草、大树，它们不规则地散布在茂密的草上，直到很远的那边，没其他的了。门左边和右边，挨着一道墙，正好是一条路，来自后面的屋子，经过前面，然后消失。这是一条石板路，两边裂开的老石板之间，是同样的草，地上哪儿都是。

一条路？什么是一条路，为什么？走右边那一条，然后消失，同他一起？但消失有什么用？天空如此辽阔，如此静谧，在炎热中。世界太辽阔，尤其当我们从门缝里看它。她没有从门厅的砖地上站起来，凉爽，暗赭石和亮赭石的菱形。

此外，有时，传来轻声的音乐。就像很小的朵朵白云，她看见它们飘过蓝天。谁路过，不。刚刚出现——在左边——它们已经消失，它们到不了天空的那边，右边的门挡着。

一切祥和。

但音乐增强，现在又是噪声，里面有一些响动，一阵混乱的声音，下面一片嘈杂，他们到了，他们在那儿。

五六个音乐家把门堵满。互相贴紧，互相挤着，每个人把脑袋探到其他脑袋之间，因为想看见里面，她在的地方，想看见她，她看着他们呢：门洞挺大，那也不够，乐器太多了。小提琴手摔倒在地上，琴滑进别人脚底下了，他用琴弓去够忧伤的小盒子，差不多探进那门厅了。他的手臂真长，他的忧伤太美，尽管这傻子每一秒都在狂笑。

但是，吹笛子的把腿架在他上面，笛子也进了房间，双簧管和钹，还有谦卑的管和骄傲的大号也得占位，而大提琴的支架，还有小手鼓，鼓手只好把它举得很高，好让人看见，但他的胳膊实在是做不到。

而竖琴，还有蛇！至于羽管键琴，人们听见他跑过来，他有点迟到了，因为得有两人才能把琴弄来，两个小伙子，还有这些年轻女子。羽管键琴太重，它们的脚陷在草里，昨夜那里还有一些水洼。

肯定的，那演奏羽管键琴的，腿上粘了一些泥巴。这是一支军号，或者一支打猎的法国号，在混乱中露出了它快乐的脸，是这个词，它让听众欢欣。看吧，她看着，大张着嘴！

别以为她知道怎么区分管和羽管键琴，但知道这些却没时间赋予它意义又有什么用呢？她学习不知道。

现在，音乐家们走了，带走了他们的和谐和嘈杂。他们来过，这甚至不太可能，白云太安闲，右脚的小肿块一直蹭着左脚的小肿块。

画家的名字就叫雪

一

那里，怎样的紫色，天空崩塌的那一边！

雪，今晚来临，手中握着颜色。

她播撒的一切，名叫寂静。

亚当和夏娃走在路上，穿得暖和。雪覆盖草，他们的脚步踏雪无声。

雾为他们撩开轻盈的帘儿，这是林中的一个房间，然后是另一间，再另一间。

一只松鼠抖动身子，因为太多的光。

从来没有人到过这片树林，甚至那位命名者，他害怕会因为给了名字而死在那里，上帝，他只是雪。

二

画家俯身画布，我碰了一下他的肩，他惊跳，转过身来，他是雪。

他的脸无限，他的手无数，他站起来，在我的左右两边走着，而在我的头顶上，成千上万的雪花，变得越来越密集，越来越明亮。我回望身后，到处是雪。

他的笔触：一缕树梢的烟，它在消散，它让笔触消失。

三

一些时分，我再看不见我的鞋，它陷入嘎吱作响的白色。鞋带的纯蓝，布料的赭石色，紧实的谷粒，棕色的印记被雪留下；为了前行，我的脚刚拔出，雪马上摆脱，在光的旋涡中。

这位名叫雪的画家辛勤劳作，包括今天早上。他让树枝的画面变得年轻，天空是一个笑着跑向你的孩子，我用厚厚的羊毛围巾，裹紧他的脖颈。

神圣的名字

一

他们的道理，是上帝只能让我们给他一个名字，因为名字的想法暗示着主语、动词和宾语，我们因此期望上帝是这个或那个，我们为此在我们的感觉里寻找他，这种感觉与其他感觉对立，我们为这种感觉或那种感觉互相争斗，以他的名义彼此撕裂！一个名字为了绝对，这不是名称，更不是庆典，相反，这是言语给我们布下的陷阱。上帝的名字是恶。上帝一旦得名，麦子就焚烧，我们就抹羔羊的脖子。

但他们几乎就这样平庸地得出了结论：他们的恐惧燃起火焰。因为面对一块麦田，麦子的名字来到他们的嘴边，看到麦子之美，它的事实，它的绝对，他们害怕几乎已命名了上帝，几乎已作了恶。在他们看着向阳的麦子的目光里，不该构建的这个名字，已经像一个影子掠过，影子颤动着，瞧，现在已经让那边山坡黯淡下来，在葡萄园里，在闪光的河面上！但是，他们所热爱的，以合法的方式，成为他们的错误。整个思想对他们是一种危险，首先是他们的对话，尤其同他们热爱的那些人：我们因相爱而激奋，我们认为这是神圣的，我们渴望这样说出它。夜色中的散步是令人疑惧的，我们只能低下眉眼，甚至担心这些发绿的石头，也许是魔鬼放在路上。恋人的床是危险的。教育变得抽象，没完没了，令人讨厌，因为借玫瑰和酒来暗示，在一首诗的美中，这让一些事物若隐若现，它们参与到上帝的存在，剥夺了该物的精神，即词语中的缺席。

因为怕看见就不该再看吗？什么都别碰，除非通过物的中介，物懂得保持距离，就像借助机器人的这些钢铁手臂探入火，探入寒冷，探入极细微或空无？

他们的解决方法，是把他们的生命同他们只会挚爱这个或那个的这些机会隔开。在他们的白天和夜晚，他们始终制造虚无。在他们的话语中也一样。他们舍弃表现的各种艺术，甚至舍弃以狂热而天真的热情行为谈论或只想谈论的那个人。他们舍弃所有能让他们害怕严肃的东西，因为严肃沉溺于情感、价值和记忆。由于无法完全瞎眼，完全闭嘴，他们组织类似于表演的活动，但路过时瞥了一眼的那些人，不感兴趣，因为他们继续忙乎别的目标。这是在岸上，最好是夜里。一些男人从船上卸下大箱子。他们把大箱子堆放在浸入水洼的码头上。他们移动它们，沉重得让人觉得是一些大铁棍，晃动在他们封闭的存在中。据说，这就是"游戏上帝"。与其崇拜上帝，不如同上帝游戏，因为我们用隐喻来崇拜，而隐喻会碎裂，而碎片即死亡。

他们决意去死，因为上帝对活着来说太大了。一些人急着自杀。许多人在疑惑的冷漠中感受到重压。最后的人也死了，时辰已到。我们在这座岛上看到文明的残余。这是一些美丽的寺庙，尽管已成废墟。令人惊叹的雕像还在墙上，还在微笑，双眼褪了色彩，手修长而柔软。雕像有男有女，裸体，姿态纯真，但也有悲哀之情，好像预感到将要发生什么。难道不该想到，这是多大的悖论，因为这艺术太美，带来太大的喜悦？总之，有一天，一个怀揣奇怪而阴郁信念的人来到此地，他认定人类是有罪的，因为人类身上和人类的周围，有一些会被爱上的物，有一些我们会幸福地双手相捧的生命：我们能渴饮清凉之水的源泉。上帝更大，他喊。不懂到处点火，他仍然赋予他的神一些名字，火灾，死亡；背叛那个也许需要为他发明幸福的人；一个愿意同大地上的一切和空无分享他的名字的神：作为麦田，作为太阳，作为混乱床榻上的浓密发丛，作为向着永远跳跃的风，一茎细草。

二

我们从高处下来，走向岸边。小教堂就建在海滩
旁边，实际上是一座黏土建造的简单茅屋，有一扇小
窗，被一根铁棍垂直分开。杂草在四周茂密疯长，甚
至侵入门内，得费点儿劲才能把门推开。一棵棕榈树
把不安的影子伸向屋顶，屋顶上盖着瓦片，补了一些
树枝。快到中午了。我的向导，一个朋友，在老锁孔
里转动着旧钥匙，然后我们进入。屋子里，只有一片
明净的地面，几只橙子风干了，几乎已经发绿，缩在
一个角落，而我们的对面，放置在地上，以为是扔掉
的，一尊雕像，或者更是一尊雕像的毛坯。圣人的头
还没有开始做，确实，在这灰暗的木头砧板上，只能
分辨出躯体的形态，雕塑家也许是想站在上面，一只
腿在前，裸露的上半身在一块缠腰布上部，我们在埃
及的抄写人或汲水者那里见到过，当然，埃及也不是
那么遥远：那边往南，只需航行两三天，另一些沙滩
和棕榈林的气味，常常弥漫在我们所在的岛上，这座
大岛面对着大河，这座大山进入虚无，而虚无耸立在
乌云里。

　　圣人的头还没有开始。但我仍然把木头块捧在手中，我举起它，挺重的，我凝视最先做的那部分，这工作是在几天前，也可能是在几个世纪前，那是双手围拢在胸前，好像握紧一个球，这一点并不规则，雕塑家并不刻意表现体积的光滑和饱满，像几何学所示。甚至，我很快明白我不用替这不规则担心，也许是故意为之。好像这个陌生生命的手指隐匿在这一事物里面，而事物的材料在手指的压力下正隐隐退却。

　　我放下雕像，抬起眼，我看着周围，在这间屋子里，没有什么引人注意，除了屋架柱子旁鳞片状剥落的色彩，那儿下雨时有水渗入，但不多。门扇几乎完全关上，只有一缕强烈的阳光，几乎让人目盲，从阴暗的木头和墙壁之间闪过。我的向导，他出门了，我好像听见他在跟外面几个小孩子说话。

　　我刚才看见这些孩子了。最大那个，骑着自行车，但一只脚踮着地面，拽住一只旧拖鞋，围着他的小伙伴们曲折而行。另外两三个小孩子，有一个光着身子，走在光里。他们的身体就像当年埃及没能拥有的青铜雕像，色彩像被落日之火煅烧过。路过时，我自语，他们是知道的，或者至少未曾完全忘却。

过路人，你想知道什么？

一

过路人，莫非你想知道
这座坟墓的客人，这前倾的
额头，这位大学生，是怎么死的？

他阅读，一个夜晚，
在火焰晃动的壁炉前，
圣·奥古斯丁的《论三位一体》。
风摇撼那座僻远的房子
它陷于古老的废园，
他租了一个房间。外面，
时而，暴雨敲窗，
时而，一片寂静。

他在读什么？
"上帝没有意义，
上帝孤零零。
上帝的唯一真实只是事物"，

（因为凡事物，你瞧，

书向他解释，

即是符号，其他事物的符号。甚至

最生硬、无形的石头，最隐蔽的

精神愿望，仍是符号，

混乱之符号，或虚无之符号。

孤零零的上帝，只能

返回自身。甚至

符号之念也迷失于自身。）

那位大学生，半睡半醒

俯身在书上，他自语：

难道只是，某个事物，再无其他，

绝对再无其他，给予

本能的需要：去创造意义，

去命名？石头，那块巨石，

我明白我爱它，也许就像

人们爱上帝，但只有在它身上

赋予命名：此名，石头，它的名字，

而握着它，眼睛睁开，

在我们的名字之地，我们的避难所。

向着外面思考，

我们做不到。设想无名之物，

无力获得意义之物，

我们做不到，那将是，用脚

去碰墓中的一具尸体。

因为这是死亡，不是别的，就是

死亡，这没有意义，

只有死亡，在每一个词下，躲开，

如果词深处的声音有时缠住我们，

当我们跌倒在一个元音上，

如果那时我们身上，突然，

不再言语，没有意义，只剩下深渊，

我们从这深渊的边缘后退

摇晃着，双腿沉得发晕，

我们任自己跌倒

在我们所处的世界这茂密的草丛中。

因为，如果上帝只是事物

为什么寄望于他？他，外面，

是他摧毁我们的一切记忆？

二

大学生在思考，

然后，他听见了什么？颤抖着，

他起身，离开了壁炉。

他熄灭两三盏微弱的灯光。

现在只剩下思想——

这些散乱的炭，偶尔有火，

它在地面上写出火的词语。

当然，外面，有个月亮，

像在文学中，它喜欢

给雨和风一种意义，

但在天空的动荡中，每一刹那，

云遮住它。而那个倾听

夜间声音的人，也许记得

童年的另一些声音。他睡不着，

他听到

来自远方另一个世界的火车，

驶过，奔向郊外花园的尽头，

携着自有其存在理由的这声音，

因此得以静心，进入梦乡。

他思考着，瞧着桌子

延展，移远，在废墟中，

黑色，几乎闪着光。但突然

声音，冲着窗，有人扔来

一颗石子，它弹到

外面的支架上，然后消失。

这是什么？

莫非这轻微的声响，刚才，

已惊扰了他的阅读？

现在他倾听，屏住呼吸，

花园静悄悄，连风

都没了影儿，雨在窗上声音低弱。

他应该担心吗？他的愿望

更是遗忘，抹掉

声音中的符号，信任

夜晚的无所指。

是的，但

又一颗石子击中窗户，

然后，几乎马上，又是一颗。

这一次，

突然，他很害怕，他决定

让窗户敞开。离他十步远，

磷光一闪。是一个女人，

衰老，破衣烂衫。高大，佝偻着腰，

两只手在动，一只手里

还握着一小把石子。

这女人，穿着灰色衣服，几乎棕红，

像在一张画出的脸上，

在裂口处紧紧抓住，

连同雨的那些褶皱，

像披肩，更像椭圆形光圈。

这老妇人是谁？他见过她，

他知道他已把这双瘦弱的手

握在自己手中，在一张桌子上。

他记得这双手被过去之火的烟尘

薰黑，贴近地面，在火上

人们把小锅移来移去，但是，

她眼里的别处，一个小姑娘。

你是谁，他自问，噢流浪女子？

你是谁？但她现在

头顶一只羊羔，也许铁做的，

火焰从上面燃起。整个三重冕

来自潮湿的火花，它们摇晃着，

有时几乎熄灭。这一幕

像在远处耸立：但多么脆弱——

这被水浇注的火焰，而这女人

她的手在颜色中移动，多么逼近！

他知道，他看见了她，因她的要求

让她进门，走近那张大桌子，

松开双手，在地面上

放置始终燃烧着的冠冕。

"你是谁？"不，他说的是"进来吧"。

三

进来吧，他又说。她微笑着
雨水让她的脸发光。
进来吧！她走近，踉跄。他扶住她，
她迈过了门槛。

房子消失在他和往前走的
她的四周，在她头顶的火焰的
明亮中，火焰颤动着
像要进入另一种生命。
她进来了。他们在高高的草丛中，
他们的脚下有窟窿，他担心
弯着腰身的火焰会熄灭，
但天意注定不会为难他们，
反而每一瞬间都让火焰
开放出更多的色彩，在夜晚的
泥泞中，他们的身体愈发沉重。

他们随时
会跌倒，在很远的那边。

他们会跪下来，互相凝望。

起皱的是这女人的脸，

你是谁，他又问，但是，和蔼地，

甚至微笑着，

她从额上摘下那顶冠冕，

把它放到靠近他的草上，

然后，起身，离开，

但还是稍微停留，

一动不动，然后转身，

她把头斜在肩上

像那些小姑娘的动作

搞不懂是因为卖俏还是痛苦。

而他，

俯身于这冠冕，它的秘密

闪烁，透过被雨水弄乱的高高的

草茎和叶片，他知道

他将从手指间

捧起一缕光，

不，光不会烧灼他，

光是直直的。

他知道，他会试图
碾灭火焰之光，心怀执念，
竭力覆盖它
用草丛下的污泥，这火焰
仍将胜利地冒出。
这顶冠冕，
他看出，不过是
一个戏剧道具：两只羔羊，
彼此挨近又分开
被四五个铁丝扣。
一个用来捆住脑袋，
另一个，为了撑起七只小碟
有一种油在里面不停地滚沸。

准十四行诗

阿尔伯蒂之墓^①

他的墓，他的墓碑在做梦吗？

他预感石头上的竖琴

情愿让这些拱廊的声音

变成无质料之黄金，诗篇。

什么也别变，他告诉

作品的主人，除非死亡

吞噬这些数字，你将摧毁

"这整个音乐"，我们的生命。

墓碑是未完成的，像所有生命，

但这些数字是孩子，在此地玩耍，

单纯，想成为他们涉足的水中之金。

---

① 阿尔伯蒂（L. B.Alberti，1404—1472），意大利文艺复兴时期作家、艺术家、哲学家和诗人。

他们推搡，他们互相踢打，

他们喊叫，他们溅起光芒，

他们笑着散去，当夜晚降临。

波德莱尔之墓

我什么也不想象，只是俯身
向你，愿词语离场，夜晚来临
来自这块土地的你的惊讶，愿
他们，不为我们所知，陌生女子

你说她是一位多思的伊莱卡 ①
她擦拭你那发着烧的宽阔额头
"用一只轻盈之手"，驱散
你被高烧灼烧的痛楚梦境。

而你将神秘地指点她
因为怜悯就是神秘
甚至，它允诺这三个字母，

———————

① 伊莱卡，阿忒拉斯七个如花似玉的女儿之一。阿忒拉斯（Atlas）是普罗
米修斯的另一个兄弟，最高大、强壮的神之一，因反抗宙斯失败而被罚
顶天。

J，G，F①，在光中增强自身

你的船滑入光中。你终于抵达

终点港口：它的柱廊，它的棕榈。

---

① 这三个字母是一个谜，波德莱尔在《人工天堂》和《恶之花》里都曾题
献给 J.G.F.，有研究者认为是一个神秘女人，也有研究者认为是指 Jules
Gabriel François Baillarger，这是一位精神病学专家。

"你好像是一个夜间行路的人……" ①

他摇动一种火把
双重的光弄乱了其他人，
他们在他身后尽量
不去害怕，沿着这深渊。

领路人，为什么你自己身上
却没有一点儿你给予的光？
难道你丝毫都不觉得你
脚步下正在加深的虚空？

但这就是讽喻的命运：
言语者不能也不该知道

---

① 原文为意大利文，出自但丁《神曲·炼狱篇》第二十二章，据朱维基译
本："……你好像是一个夜间行路的人，/把灯提在背后，不使自己受
益，/却使追随他的人们变得聪明，/因为你曾经说过：'世界是更新了/
正义和人类的纯朴时代返归，/一个新的民族从天上降到人间。'"。

他的言语来自何方毁在哪里。

他的脚寻找同样虚空的地面，
他的飞翔犹豫着并转动词语，
比灰烬少一些梦想的火焰。

色列斯^① 的嘲讽

出于友谊，这些发烧之词
他观看，透过雾蒙蒙的
梦之窗。外面有人交谈，
他让门半开，已经入夜了。

啊画家，睡着时，你手中
握着的这只手是什么？
为什么握着它，孩子的手，
仿佛它的压力把你释放

从吞噬你的图像的恐惧？
我呢，我梦见你把信赖
一直引到品评者，审判者，

—————————

① 又译刻瑞斯，罗马神话的谷物之神。

但也是爱者，痛者。愿你
让天真和欲望融合。愿一个
不要惊奇，另一个也别较真。

笛卡尔街的树

过路者，
瞧这棵树，透过它，
这就够了。

即便被撕裂，被污染，街道之树，
它仍是整个自然，整个天空，
鸟儿歇脚，风儿吹动，太阳
在那里说出同一个希望，尽管死亡。

哲学家，
你有幸在你的街上拥有这棵树，
你的思想就不会那么艰辛，你的眼睛
会更自由，你的双手会更渴望少一点黑夜。

七管笛的发明

在最后那篇记述的一个瞬间
他开始，在那些吓人的词语上，
奔跑，他明白自己身上压着
一种威胁，在每一个词里壮大。

好像，一些色彩被事物
那不可透入的名字所击溃，
或从天上，风的名字无尽扩展，
又一个浪头，砸在他的生命上。

诗人，音乐足够拯救你
于死亡吗？通过这七管笛的
声音，那是你的发明吗？

或者也许在那里，你的嗓音
急喘，好让梦继续？夜，只有
夜，河岸下芦苇的一阵颤栗。

莱奥帕尔迪^①之墓

在凤凰的巢里，该有多少
搅动灰烬的手指惨遭焚毁！
他，允诺了多少夜晚
他该收获了多少光芒。

他们高举起，这些信任之词，
不是朝黑色天空的某一颗玛瑙
而是他们双掌拍成的那个杯子
为一点土地之水和你的反光，

哦月亮，他的女友。他给你
这水，而你俯身于她，你想
渴饮她的欲望，她的希望。

---

① 莱奥帕尔迪（Giacomo Leopardi，1798—1837），意大利诗人、散文家、
哲学家和语言学家。

我看见你走向他的身边，在这些
荒凉的山谷，他的国度。有时在他
面前，你笑着转身；有时是她的影子。

马勒，大地之歌

她走出，但夜晚还没有降临，
或者因为月亮盈满了天空，
她走去，但她同时也消失，
不见她的脸，只有她的歌。

渴望存在，懂得舍弃你
大地上的事物这么要求你，
事物如此放心，在自己身上
在闪烁着梦想的这份祥和中。

她走去，而你变老，继续
前行吧，在树的笼盖下，
有一些时刻，你们会显现。

哦，声音的话语，词语的音乐，
让你们的脚从一个转向另一个，
在默契的示意里，也在遗憾中。

马拉美之墓

他的帆即是他的墓，因为
这大地上没有一丝风能让
他声音的小快艇，对河流
说不，河在它的光中召唤他。

关于雨果，他说，那句诗最美：
"太阳今晚在乌云里熟睡"，
无人添加也无人提取之水
自己变成火，而这火控制着他。

我们看见他在那边，模糊，
划动他的船头，小船消失
此地的眼睛无法察觉。

我们是这样死的吗？他在跟谁
说话？夜降临，他还剩下什么？
这块双色的披肩，挖着这河。

致《夜》的作者

死之前他已进入坟墓。
这是他每夜的荒凉之城。
黑色大门。几位过路人
远处。然后无人,夜里。

他跟随一条街,然后其他街……
一次,遇见一辆车。但车夫
没有眼睛,没有脸。很快
只有他的脚步声发出回响。

在锁闭的院子他摇晃栅栏,
铃声狂响,它的喧嚣声
消失在空房子的楼梯上。

他走下台阶,朝一个码头
一条河的剩水还在那里流淌。
他听着这声音被时间松开。

圣乔治-马焦雷 ①

也许在这些高贵的立面
背后，如童年赤裸而来，
只有房间阴暗的一个套房，
一套开向另一套，永远？

然而这就是心智的悲哀，
它的梦从手中捧到了形式，
但在这光中，怎样的惊跳！
虚在的动脉在此处搏动。

几只手互相汇合，这是门厅，
但为了挥舞一个供品的铁。
那只羔羊死在匀称的顶点。

———————————

① 圣乔治-马焦雷（San Giorgio Maggiore）是意大利威尼斯的一个小岛，
岛上有圣乔治-马焦雷教堂。

建筑师，从这血中释放
那形式说给石头的希望吧，
光的善行，值这个价钱。

题普桑的三幅画

他的墓，有人跟我说？但这窟窿
他留下的，在叶丛中显得灰暗
年老的阿波罗，曾在树下冥想
谁一直年轻，谁就胜过一个神。

这同时也是光的洞穴，当
太阳从《巴克留斯的诞生》
拿到未受任何损伤的希望，
在手里，其实是变幻的天空。

他的墓？这严峻目光所见到的
变形，在《自画像》的深处
那锡汞，爱他的梦，渐渐变暗：

一位惊异的老人，夜晚来了，
但他执着于要说出那色彩，
深夜，他的手变成必死之物。

奥德修斯从伊萨卡岛前经过

这些礁石，这沙是什么？伊萨卡岛。
你知道那边有蜜蜂和橄榄树
还有忠诚的妻子和那条老狗，
但是瞧，水在你的船头下闪着黑光。

不，不要再看这条岸。它只是
你可怜的王国。你不会把
你的手伸给那个曾经的你，
你不再有遗恨，也不再抱有希望。

经过吧，失望。愿它从左侧逃离！
现在另一个海正为你拓宽自己，
记忆惊扰那个想死的人？

走吧！然而，要保留这海角
在另一个岸上，那边！泡沫里，
你曾是的那个孩子还在嬉戏。

圣比亚吉奥，在蒙特普齐亚诺[①]

拱门，穹顶，圆柱：你不
守约的允诺方式，他很了解，
你的灵魂就如同你的肉体
拒绝企图攫取的那些手。

怎样的空间圈套！天空的
建筑师们，聚拢而驱散乌云，
他们比我们给予更多，很快
就失望，我们只给梦供暖。

然而，他做梦；但在说定之日
他让美派上了最好的用场，
懂得形式是为了死亡。

---

① 圣比亚吉奥（San Biagio）是意大利托斯卡纳地区蒙特普齐亚诺小镇
（Montepulciano）的一座教堂。

他的作品，最后那件：一枚硬币
它的两面是赤裸的。用这个房间
他做成弓和箭，在石头中。

一位神

一位神长眠于此，但未必
比我们懂得更好。也未必
能像孩子那样去爱。他是左的，
他是暴力的，用词语没法形容。

他死时，未能把他的权力
派上用场，惠及我们近亲。
这一位始终对存在感到惊异
如我们所为，在我们的末日。

他是儿子吗？肯定，但叛逆，
他羞辱过他的父亲，并且
决定去死，被他的傲气打翻。

但他想，至少有一小时，活着，
握住他没能成为的孩子的手，
尽管，总是流下相同的泪水。

一位诗人

他想要一支火炬
把它扔进大海？
他走向远处水洼
在低处和天空之间，

然后他转身走向我们，
但是风已将它抹去
虽然他的手缩着
在烟的世界之上。

元音的浓稠叶片，
撕裂的极端语言，
他说什么？我们不知道。

他相信一些更简单的词，
但是那边仍然是此处，
而无一符号是水在闪光。

一块石头

他想让墓碑，那里
镌刻着过去的记忆，
是一块花绀青的石板
在峡谷里，能用脚撬动。

它们的切口，它们的暗红色
苔藓，这种混乱，难以捉摸，
使得每一块都是唯一，虽说
又总是同一块：那里是墓志铭。

他做梦，他死去。哪里是他的墓？
过路人，如果你不畏这些斜坡，
你能读懂这些字吗，在这块

冻裂的石头上？你听得见他的
声音，在昆虫鸣叫声中？你会用脚
漫不经心地碰到他更低处的生命吗？

魏尔伦之墓

这"清浅的小溪",莫非那里
他的诗句流淌得更早,并知道
所有岸都在旁边,在欲望和
梦想纠结的那些灯芯草之间。

夜里,法官,这些词!
烂泥如同光芒,真实!
他不会忘记这个,尽管模仿,
无聊,他的话在石头间急跳。

他是谦卑的,凭着单纯的骄傲,
他同意对其他人只是一面镜子
毁坏的锡汞,渗入了天空。

得由他们去看见他身上的天空
透过夜里的叶簇,那是最红的,
当野鸽子的咕咕叫渐渐转暗。

华兹华斯的一件儿时纪念品

就像，在《序曲》里这孩子
走进光的无意识中，并且
看见一只小船，在天地之间，
他走下，向另一条岸划桨，

但看到那边一道黑色树梢，
躲在其他树后面，挺吓人，
他害怕了，返回到这些芦苇，
小生命在那里低声说着永恒，

就这样，这位大诗人滋长
他的思想，在语言的安静时分，
他相信被他的语言赎了罪。

但是水流，静静地，把他的
词语带向比他的意识更远之地，
他担心会变得比他想要的更多。

对地平线的看法

谈一谈地平线吧，朋友们，舍此我们还能谈论什么？

我们总是谈论它，或者在它身上谈论。当我们制订计划，当我们去爱。

当我们去爱，因为去爱，一个生命，一条道路，一部作品，就是看见那边的地平线，前面极远处，这条通体发光的线，是既在此处，又将穿越它们，重新穿越它们，像沙滩上海水在沙上重复涌来，掀起动荡的海草，又让它落下，阴郁的生命。

那边之线和此处之线，每一条都在我们的足迹上抛下无意识的波沫：句子闪着光，从这座波峰上滑落，波浪隆起如同一个夜晚，然后塌陷，然后重又涌上。

我踏上这条小路，它狭窄，隐没在两座小山丘之间，群树裹绕着它，在我的四周我的头顶上聚拢，同它亲密无间让我感到幸福，它深处的万千生命已习惯了我。但更低处的鸟鸣，哞叫，飞翔，我听见这轻微却不绝于耳的声音，这是地平线的山丘的"那边"，虽说不可见，却陪伴着我。抓住这当下瞬间，这此处瞬间，我看见它的手，蓝色或赭红色，在一处松林和小橡树林的空隙。

此处之上的天空，提醒我天空同样属于那边，能看见下面那条线，对此处的我们，那里的事物变得不可见。

而色彩，在我们之间，像这个秘密，它就是秘密本身。

这只重又飞起的鸟儿的叫声，是一声呼唤。它无疑来自另一个世界，它带来金子，一根草，带给我们看不见的鸟巢的凹处。

而地平线之光，这水急着蒸发，上帝知道为什么，在我们脚下这些水洼里。

上帝？就是骤雨选择落在此处。它本可以落在稍远处，这个小树林里：这是偶然，这是神圣。

想到地平线的人不会有神：这些远处对他已经足够，它们从天空低处滑下，像一道水从孩子从沙上划出的符号上流过。

而这道水突然涌起，波浪抹掉这些符号，这是傍晚，孩子从大海深处的声音中升起，在这些说话声中，在赤裸的大人身体之间。

地平线，就像我从水罐里捞出的这块石头，它的凹处带着盐味儿。

地平线这个词，我瞧着它在众词之下闪光，当无意识携着浪头，用清澈之水，来冲刷我刚放到极限之处的这些句子，为了看见。海草们被掀起，又落下，话语散开，但在它们的表面，一瞬间，是海水的盐末，这海水也许就是天空。

只有在"那边"，一条地平线上，我们沉思词语所言的情况下，词语才会给出它们饱满的意义。此处我们看见太多的细节，思想寄寓在太多的侧面中，展现为太多的形态：一切就这样献身于占有的欲望，理解的欲望。那边整全优于部分，事物重新成为生命。

就像普鲁斯特，当他在天空下看见"马丁城的钟声"。而这已经同他整个的未来存在相瓜葛。是凭着地平线的这些生命的记忆，他看着别人的记忆，他们不在此处：寻找这金子，他们在远处显身，在崭新的阔大的熔炉中。

远处之蓝也在词语中，就像意义梦想在被说出的事物里。

我相信，对我最初几年的地平线，我几乎欠下一切。地平线，无论远近，或者打开在巨大的云彩之下，或者撤回到水流灰暗的溪流嘴中。

而我最大的欠债——这个词，因为我知道，在世间最后那一天，应该重建那水和火、天和地赋予我们的——向着我的贴近处，如果我是另一个人，我本可以决定它就是此处，此处本身。因为这是一条长而低的山丘的顶峰，步行只需一个小时：那里有一棵大树，在天空下逆着光，远得有一种绝对的意义，但又近得是这世界上挺近的一个点。人们走到它脚下，在午后的炎热中，倾斜着，天色还允许我们发现它的巨大树枝下，直到此时仍然陌生的山谷和那间熟悉的房屋。

太容易陷入胡思乱想了，当地平线遥不可及时！或者，当它在一片宽阔平原的灌木丛下，甚至更糟，远远地，它混入略显起伏的山谷，阴影和光线同这里那里的某处彩色田地戏嬉。不同于我们，因此是它的闪光，它的水洼，也许是它的断层里那不可理解的残夜！我们能够想象，它不是一条线，而是一个国度，有一点在我们这边，有一点在另一边。国度中的事物、居民，我们用双筒望远镜看到的，显然已被他们的生活占据，是一种既非此处也非别处的生活，既非熟悉的世界也非陌生者的世界。这些生命是谁？我们的路不会一直通向他们。他们的路也行不远，在另一边，可能就在那里，我们逐渐找回我们此处的国度，穿越另一个国度的空间，却没能看见。

地平线的国度！这些沙漠商队走在我们的土地和另一片土地之间。埃及的这些逃离，在我们的双筒望远镜里，从一条长长的山谷的另一边经过，又在更远处出现。那边的脸只是一个闪光点。我们甚至会觉得这些不是脸，它们流溢出这么多光，同另一些相撞！也许是一些金子面具。也许是眼睛在脸上增多，以至抹掉了那边比我们这里更少的画面。

语言的一个定义：一个此处呼，那个别处吸，世界这个大海尺寸的水母。

诗歌的写作？大地在我们脚下但如同被暴雨浸透，被途经又远去的大轮子碾压。大地的四周，短暂的光升起。

我遇到水洼，停下脚步，我从途中抬起眼，我听见远处一只羔羊的叫声，在如今一动不动的云彩下。

一道栅栏咯吱作响，而这几乎就是玫瑰在自身上的闪光。禁园的玫瑰，由一只目中无光的鹦鹉看管。

在梅尔维尔的游记中，那位旅行者说他上路了，从匹兹堡到格雷洛克山，是因为着迷于一扇窗户，它在日常的地平线上有些时辰会燃起火焰。住在那里的人是幸福的，他这么想。他抵达那所房子，推开栅栏，走进一个房间，与一位少女交错而过时，看见她满怀热情地凝视着他的房子，远远地在那边他的另一个世界。他为什么又要离开？因为好感，因为爱。难道他不是给了一个大赠礼，也许是至高之礼？在他的幻象之家，他竭力不去熄灭这最微弱的希望，他知道她是在他舍弃时那唯一的宝物。

一些画家就这样把人性赋予风景，也许我们不能立刻理解它们为何抓住我们，为我们剩下的人生。

当我们突然想念那边，那是因为此处下雪了，突然而完整的雪，携着风，为了摇撼光，瞧，地平线终于和我们在一起了！我们触碰它，穿越它，盲目地重又穿越它，我们渴饮新鲜的空气，这是雪的幸福。

地平线，但我并不喜欢这个词，我想要另一个词。一个词，在它陡峭的边缘，向我们的话语伸出手，让它向着它攀援，在不可见中。一个词，它在我们之间惠顾那位风景画家，向它保证大地所需要的未来，大地希望并且也许会死于，某一天看见一只滚到它身边的杯子碎裂。

花园出口的变奏

这个想象，挥之不去。一个男人和一个女人在树下走着，有的地方树和树挨得很近，一些树枝甚至从地面就缠到一起，这两个美丽的年轻生命，好几次，犹豫着，是不是要钻入树叶擦击时那芳香而脆弱的声音中。他们环视四周，选择了另一条路，但时间也还早，还在上午，树木已经稀疏，枝条不再那么压低，森林的边缘近了，很快就可越过。我们面前现在是平缓的丘陵地带，绿中带点金色，很容易让人想到，几个小湖隐匿着，平静的水面上没有一条船只。显然，这个广袤的国度一片荒凉，美丽的光正不断增加。

他们两个人，往前走，还得穿过几个小树林，有时他们停下来，突然转过身，互相看着，从远处看，他们那时就像在最后一棵树和宽广天空之间，他们好像在说话，年轻的女人把手臂不知指向哪里，一些地平线吧。然后他们重又出发，但他们难道不是一直在那儿吗，让人觉得一动不动？天空辽阔，这些树木，远处这些水，被预感到，这简直是一幅画，其中一幅以深绿为主色调，应该是1660年前后的一个画家，普桑的一个继承人，他能描绘出，在这些神秘年份的深处，一些风吹来，就像是为了从我们脚下驱散这些漫长冬季的残叶。

一幅画。在肩膀的形态中，手臂，这些闭合的线摆脱出来，像一个画家工作时，太多的鲜艳色彩在发丛中，或者在自由的健美躯体上，也在树叶里，在我们看见的果实中：是的，一幅画，因为我清楚，对我来说这男人和这女子是谁，他们就这样从我们面前走过，在这片荒凉之地。是夏娃和亚当，在做了那错事之后。他们从伊甸园被逐出，他们匆匆穿过花园，因为时间还没有开始。只剩下夏日天空的时辰，在这无路的国度，只有光来决定，笑着同热情嬉戏的色彩分开，俯下身，为了将掉落并惊讶不已的一种色彩扶起。

亚当，夏娃？他们有整整一天，可以这样在大地上漫游。这之后，黄昏时，当太阳落山，突然看见，栅栏门出现在一条很长很长的沙子路尽头，起风了，天空将变成红色，朝着西边，树丛间会传来另一种声音的鸟鸣。夜晚等在微开的门口那边，这两位被放逐者走了进去，他们会从这些阴影里离开，但此刻，他们只知道此刻，形象中显现的这永恒此刻。一个声音穿透天空了吗，在这平静早晨的某个时辰？一些词在这只有流水和叶簇的声音中，透过这些中间色的一块紫色花布的闪光？他们不记得了，他们没想这个。

他们只是走着。有时我看不见他们，但不是因为他们行的路遮住了他们，而是因为我的注意力移到了别处，已经有三四次了。

我得说，此处的这些土地上，到处是大寂静主宰着。一只喜鹊在远处叽喳，牧场上不知哪里传来牛的哞叫，一块石头跳起，摆脱一处悬崖，滚进了深壑，这一切没有打破安宁，恰恰相反，可见世界的这些杂音赋予它深度，拓宽了它，净化了它：就像炎热实际上在增加，但并不是没有一丝微风。而我爱这寂静，但我得明白，它让我担心如同以前它令我宽心。好像我听见的某个声音是来自这小溪之外的另一个世界，比如，它在我旁边不停地因撞击岸而碎裂。

一个声音。它好像从远处又像从近处传来，所有这些声音，没有规律，也无结果。我也无法理解，它惊人的短促。难道它不是某种音乐的东西吗，来自另一片土地的平原上的小笛子的回声，它是人类的声音吗？我听着。这两个生命又在那边出现，我看见了，是的，现在他们在说话，但好像很快就决定，忘掉听到的东西。惊讶着，可能还不确定，他们在这正午又上路了，上午的影子曾是透明的，将变幻成夜里的影子。

午后的时辰，总是一天中最长的，也最令人不安，因为地平线接近了，色彩在变化。我看着这两个我想象的生命，我走在同一条路上，我想着永恒和时间，身体之美，姿态之美，我是谁？

现在一丛灌木，在他们面前颤动。枝条晃动，仿佛有人躲在那里偷看，到最后一秒才逃走。某个人？是的，因为牲畜不会以这种方式逃离，它们会停在原地此时，就像我们路过时拨开的细枝又会合拢。有人会奔跑，向着别处，躺在草上，又突然站起，接着跑，但停住脚步，好像在思考，又返回。某个人？分量不重，非常灵活，非常柔软。莫非这是可见世界那边在喊的声音，梦幻中的小笛子？是的，就是一个孩子在游逛，光着身子，对自我毫不察觉，在这些孤独里面。

实际上，他又返回。因为在这一天，有一刻伸延，然后落下，我明白我会在这男人和那女子路过时，重新找到他三四次，担心看见他们，又希望被看见，更害怕真会这样。他跑到前面，找到了他们，甚至很可能，最后他们瞧见他那双野性的大眼睛瞪着他们：只是一瞬，被这目光惊吓的叶簇重又合拢。

互相交谈是多么困难！沉默？但是，有流水，手臂伸入水面，为了搅动深处闪光，影子掠过明净的沙子；难道永不能抵达我们渴望抓住的，我担心不会，一种神秘的衍射同我们游戏，无法抗拒，我们的手被从我们的渴望之物那里分开。——他们走着，彼此挨着，下午也生出闪光和这些影子，有一会儿，我看见他们倚着一块岩石，他们交谈着。他们孤单吗？在这静止中有运动，夜空的明净之布在吹起的风中颤抖。

我最后一次想到，多少次之后，怎么知道呢，这个孩子跟着他们到了哪里，一边观察着他们？他想扑倒在他们脚下，却又抑制了这一渴望，为什么？他是否明白，是在那里，立刻，一切都会了结？难道他因此，更加渴望，然后带着更大的遗憾和阴郁的快乐舍

弃了？经历什么之后他又开始永恒的漫游？我问自
己，是在那一天之前还是之后，他收集了芦苇，触发
了响动，发明了声音，进入到痛苦和希望的生活中。
我还问自己，为什么我关心绘画，或者更是绘画中的
形象：这流水像是第二次奉献自己，但只有反光，并
没有形式中的诸多颤动，这形式在光和影的游戏中
减弱。

另一种变奏

他们逃，不幸之毯用闪电和暴雨裹紧他们的躯体。光脚下的大地满是伤人的卵石，打滑的污泥，危险的根须。他们的脚陷入窟窿，必须挣脱。这小伙子用手扶住这姑娘，他和她一样，在那儿感觉到某种甚于惊异和恐惧的东西。然后他惊呼一声，她摔倒了，血沿着她的左胳膊流出来，世间一种崭新的殷红，而他帮着她站起来，但她的脚踝支撑不住，夏娃必须倚着他的手臂才能跛着走路，前面一片陌生，周围一片陌生，黑天之下一片陌生。确实，夜降临了，怎么前行，更何况每一步都令痛苦加剧？一步比一步更艰难，外面的混乱也蔓延到他们两人心中，他们不知道也不愿意知道何去何从，除了向着别处，向着远处。脚步？不如说在灰暗中厚厚的枝条间跌跌撞撞，雨水一下子流到树叶下尽力向前够着的手臂上。更不愿去穿越这些没完没了密密匝匝的矮树林，连这风这些暴雨都放弃了努力，忘掉这天空中不停骚扰他们的声音。是的，忘掉？同时需要，突然变得不可抗拒，由着自己躺倒在这片草上，上面一片磷光，极柔软地起伏，几秒钟的热情迎接，多么奇妙，在隔开的树干之间。

他们倒下了，先膝盖，后手掌，很快是整个身体，在雨水浸透的草上，但这场雨是暖的，像他们的一个礼物，他们现在彼此挨着，很近，时间开始了，用他们之间的目光、同情和欲望。他用手指触碰受伤的大腿，担心惊醒近在眼前的那张脸上痛苦的蹙眉，实际上他看见了，这张脸，此刻之前他真的见过吗？眼睛，里面的惊讶增强又散去。嘴唇。亚当和夏娃彼此看见了，相认了，认识了，就好像这是刚刚发生的事情，另一种匆忙，毕竟是一种分享，让他俩结合，他们不知道朝向哪里，在另一种夜晚。

又一次，好像，更远处，前面天空的这些声音，还有闪电，不那么密集了，这是可能的，而在周围的矮树林里，这男人和这女子还窥伺着声音，这一次很轻，抖动的翅膀，微小的不可见的生命，但不再让他们担心，更是裹着他们，另一块毯子，因为催生了困意，这也是崭新的。意识的多孔，内外之间万物皆动，一些形态散开，另一些同时诞生，什么是，什么又不是？

在这些最初的梦里，有不安但也有光，手和手有时碰触，醒来时已同昨天的动荡天空完全不同了，到处是光，穿透仍然灰黑的云团。夏娃不那么疼了，这让人振奋，她能站起来了，勇敢地前行，在这不确定的穹顶之下——是的，但首先是不是应该思考一下，在黑夜的亲昵中开始的

这生活，这不同的生活，词语的生活，话语的生活，窃窃私语而又热烈似火？

夏娃先开口了，在我觉得有点泄露恐惧的某种兴奋中，为什么？

"听着，"她低声说，身子俯向这张被几缕光线照亮的脸，光线来自大团云块的角柱，"听着，昨天，你没有给出所有名字。"

他说："是的。我给了小溪一个名字。然后我看见小溪变大，在沙子混入石头和芦苇的地方。水流得不那么快了。一只怪鸟停在水中，它特别安静，然后清洗羽毛，飞起，又返回，为什么，它又飞起，又返回，我还听见岸上轻微的响动，我闻到气味，莫非是风轮菜，薄荷，不重要，这一切的整体存在，比它们每一个比如沙子、鸟儿、树叶下的声音更突出。我本

想给一个名字，一个简单的大名字，就给此刻，不，它不是一个时刻，是给这整个，怎么说呢，给这安静。也要给我看着它慢慢消散的这空间一个名字，蓝色，不，不完全是蓝色，也有玫瑰色，一朵金色玫瑰，在那边，在两朵云之间。或者也给这些痕迹，无端的画在沙上，当水退下。"

"然后，还有这枪声，我不知它来自哪儿，我看见鸟儿摇摇欲坠，在沙上挣扎，它扑打着翅膀，而沙子升高，又落到它身上，盖住了它，它跳了几下，不再动弹。我不想再命名了。"

夏娃看着自己的手指，她玩耍着，把它们分开又合拢。她说："我呢，我很想只给这一切一个名字，黑暗，眼睛里的黑暗，只剩下它自己的黑暗，其他什么都不存在。"

他们站了起来。血干了，沿着夏娃沾着泥巴的腿。她用指头小心翼翼地抹掉这棕色的土。远处总是有雷滚过，不那么黑，色彩的旋涡就像画家们常用的。这是雷阵雨，时断时续，然后天空又恢复到应该是词语做出另一片土地的样子。

译后记

《长长的锚链》中译本的诞生，要感谢它的催生者（同样是法语诗歌的译者）何家炜。

为了让这本诗集从法语"旅行"到汉语，家炜解决了版权问题，然后约我翻译。这是几年前的事情了。家炜的话犹在耳边，他说这本书的版权就是为我买的。

家炜对我之所以这么信任，因为在此之前，我和我的恩师郭宏安先生一起，已经合译了博纳富瓦最重要的诗集《杜弗的动与静》。

译稿已交到家炜手中了。现在只缺这篇译后记。我答应交稿的日期，又一次无情地从我的恍惚中穿越过去。我仍在琢磨：该写些什么。而他仍在等：这树才怎么又一次食言！

放心吧，家炜！这篇译后记，我今晚一定会写好，否则我就罚自己不睡觉。我知道我今晚把它写完，因为我不是一个能熬夜到天亮的人。

我只想阐释几个关键词。

我希望，透过这些关键词，读者朋友们能稍稍辨认一下博纳富瓦的诗学面孔：眼耳鼻舌身……意呢，需要朋友们自己去会。读诗，也必须会其意啊！从意思、意义、意味到意境……而意境，那是天空般辽阔又高迈、万有又虚无的不在之在啊！我们以目去会，以耳去会，以鼻去会，以舌去会，以整个身体去会……而"意"可能就在那会心一笑之处。

"光"——这是博纳富瓦诗学的核心词（核心中的核心）。我们的眼睛是看见过"光"的，我们的心灵是能感应到"光"的，当我们在山顶看见晨曦的时候，当太阳从海面一跃而出的时候，当正午我们不敢直视太阳的时候，当黄昏的太阳缓缓下坠的时候……博纳富瓦凭借七十余年的创作，实践了他关于"光"的诗学。在这一点上，他从未动摇过。

"光"的法文是 lumière，一个阴性名字。博纳富瓦是学哲学出身的。他最初的写作信念是"反对一切教条"（当然也不能让"反对一切教条"这句话沦为教条）。新柏拉图学派最著名的哲学家普罗提诺（204—270）说过："应该相信我们的所见，当灵魂突然感到光的时候……"

是的，"光"是被突然感到的（感觉到，察觉到）。光带来照亮，撕破并刺穿黑暗；光挟着温暖，沐浴又慰藉心灵。因此博纳富瓦的诗歌句式始终是清晰的，不管嵌入其中的形象多么超现实。是的，光让万物显现，我们得以看见万物的身姿。无论从神论、记忆，还是从想象、童年，博纳富瓦都在寻找能让"光"照进来的裂缝。朋友们，读这本诗集，你们要读出"光"来才好。

第二个关键词："在场"。法文是 présence，也是一个阴性名性（阴性即母性，包含着孕育之意）。但这个词倒不一定非要译成"在场"。"在场"这个词，太哲学气了！好在，博纳富瓦明白哲学和诗歌的互渗和区分（也许是无法区分的）。互渗是不言而喻的，如果说诗歌是"秩序中的混沌"，那么哲学就是"混沌中的秩序"。区分，也许是各自对语言的基本态度的不同。诗歌相信自己在努力说"那不可说的"，哲学好像相信自己能够把"那可说的"都说清楚。浸入到博纳富瓦的诗歌精神氛围中，我个人更赞成另一种译法"显现"（或者"显身"）。显现之物，自然在场。说"在场"，那么"不在场"的又是什么呢？

如果我们回到"光",就能明白为什么"显现"比"在场"更是诗性的语言表达。光,其实始终都是在的,因为事物在,当然黑暗不会"显现"事物,不,它恰恰隐匿。但"光"一出现,事物、身影、群山、天地,世界就被勾勒出来。明暗让体积有了对比,线条从窗子脱口而出。事物的显现与否,其实取决于光。光邀请也迫使事物显身。博纳富瓦的présence,意在聚焦那"可显现的"面孔、轮廓、形象、影子……他很少讲 absence,这个词是"缺席、不在场"的意思,因为他不愿让我们把"在场"和"不在场"理解为一对概念,彼此排斥。博纳富瓦更想言说"明、暗之间"、"在场、不在场之间"、"显现、隐匿之间"……进而扩展为"生、死之间"的神秘之境。他长期的热烈的思,没有凝固为概念,而是流淌成诗句。

前几天,在北京码字人书店,诗人多多和我,同年轻诗人徐钺和秦三澍一起,谈论博纳富瓦的另一本诗集《弯曲的船板》(秦三澍译)。在场的一位听众提问:"博纳富瓦怎样看待生与死的关系?"我们马上想到了他在《杜弗的动与静》里面的诗句:"……随时生,随时死……"。所以说,"显现"总是指将要隐匿的刹那,而"隐匿"又必然指可能显现的刹那,那里藏着眼目不能察觉的一点什么。博纳富瓦敬畏的，更是事物在"关系中"的神秘存在。他不会执着于"在场"或"不在场"的任何一端，不，他宁可在两者之间"活着"。最好让"光"和"显现"互为映照、印证。

如果还要说第三个关键词，那么我会选"希望"（espérance，又是一个阴性名词）。我认为，越到晚年，博纳富瓦越希望构筑一种"希望诗学"。无论光，还是显现，博纳富瓦都是在肯定生命的存在和创造的意义：个体生命的活着，以及"活着"在时间过程中的千变万化。奇特的是，诗人是从辨证中赢得智慧的，他不是直趋希望，而是途经了困苦和绝望，最终才在"超越"中窥见希望之"光"，希望的"显现"。博纳富瓦也是通过否定来超越性地抵达肯定的。

博纳富瓦的修辞是精妙的。这也造成了我译他诗的遗憾：在汉语译文中，修辞的精妙无法保存！现代汉语的句式，如果同现代法语相比，那是相当贫瘠的。这两种语言，在现代性的视域中，仍是不相称的。汉语亟需诗人的创造力来充实和丰富它的表达的可能性。此外，博纳富瓦对"我"的思索也很有意思：一方面，"我"是个体生命，是"我"在写；另

_146

一方面，"我"又必须不只是我，而应该是"我们"、"他"或"他们"。只有这样，我才能超越"我"，才能摆脱"我"，才能让"我"立于天地之间，感知古往今来和风云变幻。这就是博纳富瓦的超越精神。

话说回来，他的修辞再精妙，仍然不是他对诗艺的终极追求。他写过这么一句话："语言必须超越于语言之上"。有个朋友还专门同我探讨该作何解。我坦率相告，以我的理解，需要被超越的"语言"，显然是指我们日常在用的那种语言，但诗歌要求诗人给语言带来新的东西，也就是说，必须通过语言并在语言中写出"诗"来。诗不光是你使用语言的天赋，更是你在使用语言时你对万物的个性化理解。语言是符号，符号有物性，在我们通常以传递信息为目标的使用中，语言已被功能化、工具化了，而要抵达诗歌的语言，一定有诗人对语言的妙用，对语言的超越。也就是说，在符号的物性的意义上使用的语言，必须被超越，否则抵达不了诗歌。

功能的、实用的语言，怎么被超越？必须通过对它的妙用，创造性地给事物重新命名，使得语言不再是原来意义上的物性的语言。语言只有通过被超越，才能抵达个性的气息、生命的节奏和灵魂的韵律，最终觉悟到语言和生命之间的神奇、神秘和神圣。这就是灵性或精神性。通过与诗人相遇，诗歌在自己内部发现了灵性或精神性，只有这样，语言的物性才能被超越。博纳富瓦是肯定语言的。但这种肯定是悖论式：我们既离不开语言，但又不能把语言本身视为诗歌。幸赖诗人的眼力、灵性和领悟，语言的物性在内部被超越之后，最终能抵达灵气流贯的诗歌语言。

博纳富瓦出生在 1923 年，仙逝于 2016 年 7 月 1 日，享年 93 岁。我同他相识于 2000 年，彼此书信往来。我到巴黎时，也必去拜访他。我们交往了 16 年。老人说话时，非常从容，自然就带出一种节奏，记下来就是文章。关于写作，关于翻译，关于诗人和生活之间的关系，他的话对我常常是一种照亮。

在法兰西公学院，他从 1981 年开始担任"诗歌功能的比较研究"座席教授。以前这是大诗人瓦雷里的职位。纵观其一生创作，他出版于 1953 年的诗集《杜弗的动与静》，无疑是巅峰之作。此后，创作、翻译、随笔、诗学建构和艺术批评，他在各个领域施展身手，都取得了佳绩。他是一个全能选手。但他从不以诗歌权威自居，而是殚精竭虑，抓住有限的一生，对诗艺孜孜以求。

在 2003 年《欧罗巴》(*Europe*) 杂志推出的"博

纳富瓦专号"上，我读到了一篇访谈。谈到"诗人"时，博纳富瓦引用帕斯捷尔纳克的一句话来提醒自己："当诗人的位置不再空缺，当有人占据其上，这是一种危险，对诗歌的一种危险。"

多么清澈、谦卑的洞见！"诗人"，每一个热爱诗歌并投身写作的人，都应该珍视这个称号。事实上，没有人能占据它，它最好是空缺的——唯其如此，诗歌才构成一种召唤，对人类的语言创造力的一种召唤。

2019.9.5. 深夜